Alexandre Rampazo

Um Belo Lugar

© 2019 by Alexandre Rampazo (texto e ilustrações)
© 2019 VR Editora S.A

EDIÇÃO Fabrício Valério
REVISÃO Marcia Alves e Natália Chagas Máximo
CAPA E DESIGN Alexandre Rampazo

Dados Internacionais de Catalogação na Publicação (CIP)
(Câmara Brasileira do Livro, SP, Brasil)

Rampazo, Alexandre
Um belo lugar / Alexandre Rampazo. -- São Paulo:
VR Editora, 2019.
ISBN 978-85-507-0303-9

1. Literatura infantojuvenil 2. Luto - Literatura
infantojuvenil I. Título.

19-31563 CDD-028.5

Índices para catálogo sistemático:
1. Poesia : Literatura infantil 028.5
2. Poesia : Literatura infantojuvenil 028.5
Cibele Maria Dias - Bibliotecária - CRB-8/9427

Todos os direitos desta edição reservados à
VR EDITORA S.A.
Rua Cel. Lisboa, 989 | Vila Mariana
CEP 04020-041 | São Paulo | SP
Tel.| Fax: (+55 11) 4612-2866
vreditoras.com.br | editoras@vreditoras.com.br

SUA OPINIÃO É MUITO IMPORTANTE
Mande um e-mail para **opiniao@vreditoras.com.br**
com o título deste livro no campo "Assunto".

1ª edição, fev. 2020
FONTE Cambria 15/18pt
PAPEL Offset 150 g/m²
IMPRESSÃO Santa Marta
LOTE SM330577

"Apenas a matéria vida era tão fina."
Caetano Veloso

Uma vez minha mãe me contou sobre um pássaro.

Era chamado de pássaro da felicidade por alguns

e pássaro celeste por outros.

Esse pássaro era um grou.

Ela disse que na lenda, que sua mãe lhe contou

e que era a mesma lenda que a mãe
da mãe dela havia contado,

esse pássaro, com suas poderosas asas,
levava para um belo lugar
as almas dos que partiam.

Um lugar que não é aqui nem lá, é só um belo lugar.

Tive um tatuzinho de jardim que eu guardava
num pote de vidro e ele morreu.

Tive uma borboleta-azul e
um sabiá-laranjeira também,
e fiquei triste todas essas vezes
em que isso aconteceu.

E a mãe me contou do grou e como ele
havia ajudado minha avó e meus bichos
a chegarem nesse belo lugar.

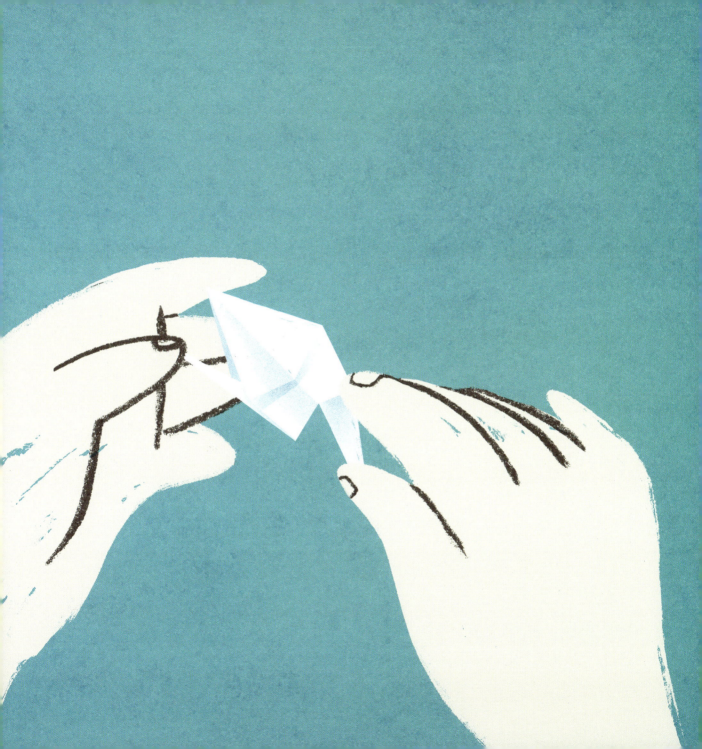

Tempos depois, eu pensei:

Como o grou vai fazer quando a alma dele mesmo
tiver que ser levada para um belo lugar?

O dia em que eu tiver um filho, vou contar pra ele a mesma lenda que a minha mãe me contou e que a mãe dela contou pra ela.

Mas também vou dizer ao meu filho
que um belo lugar é estar aqui, ao lado dele.

Para Helio, que antes de seguir
para um belo lugar, tornou
aquele outrora agora,
um bom lugar para se estar.

Alexandre Rampazo nasceu em São Paulo, onde vive até hoje. Formou-se em Design e foi diretor de arte. *Um belo lugar* é seu décimo segundo livro ilustrado. Em parceria com outros escritores, ilustrou mais de sessenta títulos.

Rampazo e sua obra já ganharam importantes prêmios como o Jabuti, o FNLIJ, o selo Cátedra Unesco, o Prêmio Literário Biblioteca Nacional e o Troféu Monteiro Lobato. Suas obras foram editadas em países como Argentina, Portugal e Itália.